ÉPITRE

A

M. LE COMTE DE MONTLOSIER,

SUIVIE

DE CHANSONS SUR LE SÉJOUR DES MISSIONNAIRES A BREST.

Par M. Alexandre Bouet.

A PARIS,
CHEZ PONTHIEU, LIBRAIRE,
PALAIS-ROYAL, GALERIE DE BOIS,
ET CHEZ TOUS LES MARCHANDS DE NOUVEAUTÉS.

1827.

ÉPITRE

A

M. LE COMTE DE MONTLOSIER.

ÉPITRE

A

M. LE COMTE DE MONTLOSIER,

SUIVIE

DE CHANSONS SUR LE SÉJOUR DES MISSIONNAIRES
A BREST.

Par M. Alexandre Bouet.

A PARIS,
CHEZ PONTHIEU, LIBRAIRE,
PALAIS-ROYAL, GALERIE DE BOIS,
ET CHEZ TOUS LES MARCHANDS DE NOUVEAUTÉS.

1827.

IMPRIMERIE DE DAVID,
BOULEVART POISSONNIÈRE, N° 6.

ÉPITRE

A

M. LE COMTE DE MONTLOSIER.

Regnum meum non est de hoc mundo.
(Évang. suivant saint Jean, ch. 18, v. 36.)

Toi, qui, pour ranimer un peuple qui succombe,
Sembles t'être arrêté sur le bord de la tombe,
Courage, Montlosier! Que ta franche équité,
Sans voile à nos regards livre la vérité!
Nouveau La Chalotais, et son vainqueur peut-être,
Défenseur du vrai Dieu, mais fléau du faux prêtre,
Démasque ces tyrans dont le zèle odieux
Voudrait à ses complots associer les cieux,
Et sous tes pieds écrase une hydre menaçante,
Qui, souvent abattue et toujours renaissante,
Se redresse, s'agite, et, dédaignant nos cris,
S'échappe en rugissant du sein de ses débris!
La France, en cet instant, le monde te contemple!
Que ta vertu nous donne un généreux exemple!
Vieux, mais jeune d'ardeur sous le fardeau des ans,
Sans pouvoir, sans secours que tes mâles accens,

Tu viens, dans leurs succès, troubler ces faux prophètes
Qui, cherchant pour prêcher l'ombre des bayonnettes,
Armés du fer profane et du glaive sacré,
Nous veulent imposer un Dieu défiguré!
Car, tu n'attaques point le prêtre respectable,
Qui, du Christ parmi nous successeur véritable,
Comme lui met sa force en son humilité,
Sert, console et bénit la triste humanité,
Et de qui la douceur comme la bienfaisance,
Révèlent du Très-Haut l'invisible présence!
Non, non, tu n'as lancé les foudres de ta voix
Que sur ces ennemis des peuples et des rois,
Qui, contre nous d'accord, mais divers de langage,
De ce monde à l'envi réclament l'héritage!

D'abord, tu fais paraître à nos regards surpris,
Ces fils de Loyola, vainqueurs encore proscrits,
Qui, bravant mille arrêts, indestructible race,
Ainsi que leur faveur exploitent leur disgrâce.
« C'est depuis que la France ose se passer d'eux
» Qu'elle est de tant d'excès le théâtre honteux! »
Disent-ils, sans songer que leur culte sublime
Sanctifiait le vice et bénissait le crime!
« Jamais, abandonné dans ses palais déserts,
» Louis n'eût à la mort marché du sein des fers,
» S'ils avaient été là pour garder sa couronne,
» Ces soutiens éprouvés des droits sacrés du trône, »

Qui prêchaient dans quel cas, sans remords, sans effroi,
L'on peut, et l'on doit même assassiner son roi!
Mais est-il un forfait, vertueux fils d'Ignace,
Que n'ait point à la terre enseigné votre audace?
Ah! ne rappelez pas des temps qu'en son courroux,
Dieu, pour nous châtier, fit trop dignes de vous!
Le hideux Robespierre est né de votre cendre,
Et de votre Châtel, Marat devait descendre!

Plus dévoués encore au joug du Vatican,
Quels sont ces ennemis du dogme gallican,
Qui, même pour leur roi demandent des entraves,
Et ne voient ici-bas que Rome et des esclaves?
Janissaires du pape, à son vaste pouvoir
Ils soumettent le sceptre ainsi que l'encensoir,
Et changeraient bientôt, s'ils en tenaient les rênes,
Tous nos départemens en provinces romaines,
Qu'on les veuille écouter, et les Français encor
Aux genoux d'un légat iront compter leur or,
Et, sous des rois, hélas! martyrs de leur sottise,
N'auront plus d'autres lois que les lois de l'église!
Mais laissons là ces fous, Don Quichottes sacrés,
Qui semblent des Romains parmi nous égarés;
Sans invoquer le bras ni les flèches d'Hercule,
Il suffira contre eux des traits du ridicule.
Craignons plutôt, craignons ces imans imposteurs,
Faussement revêtus du titre de pasteurs,

De qui le zèle ardent bien moins pourtant qu'avide,
De la religion nous fait une Euménide,
Et qui, laissant aux sots le royaume des cieux,
L'échangent au rabais pour ces terrestres lieux!
Un préfet aujourd'hui voit, malgré son vain titre,
Régner dans ses bureaux le rochet et la mitre,
Et, forcé de fléchir, enrageant, mais soumis,
De son évêque altier n'est plus que le commis.
Dans nos hameaux troublés, le curé, le vicaire,
Se font, au nom du ciel, l'un adjoint, l'autre maire;
Ainsi que la discorde, y portant le chaos,
Ils détrônent partout nos rois municipaux;
Partout d'un double sceptre ils ont le monopole,
Et l'écharpe humblement disparaît sous l'étole.

Oui, voilà, Montlosier, la triste vérité;
Ma bouche ose la dire avec ta probité,
Non, que des sons aigus de mon sifflet laïque,
Je veuille ici flétrir la robe évangélique;
Loin d'attaquer du ciel le ministre éprouvé,
Je le respecte, l'aime, et mes chants l'ont prouvé *.
Mais faut-il épargner des lévites coupables,
D'autant plus dangereux qu'ils sont plus vénérables,
Quand, dans leur temple saint loin du monde enfermés,
De la seule prière ils s'y montrent armés.

---

* Voir ci-après les stances sur la mort du curé Labous.

C'est chez nous, c'est, hélas ! à la vieille Armorique
Qu'ils font surtout sentir leur ardeur tyrannique.
Recrutés sous le chaume, et fiers de leur destin,
Croyant que l'on sait tout quand on sait le latin,
Ils ont cette orgueilleuse et dévote ignorance
Dont un ministre-évêque a fait rire la France.
Pour l'univers entier prenant leur horizon,
Proscrivant le bon sens et damnant la raison,
Sous des chefs dangereux, leur armée aguerrie
Trafique de la croix comme d'une industrie.

Viens écouter ce clerc dont la sainte fureur
Des tremblans villageois rançonne la terreur.
« A mes pieds, leur dit-il, vous tomberiez en poudre,
» Si ma bonté sur vous ne suspendait la foudre ! »
Comment! dans sa folie il pense avoir le droit?...
Il le leur fait accroire, et peut-être il le croit,
Et ce peuple, avili par un servile hommage,
Le confond avec Dieu dont il se dit l'image.

Que ces bonzes, charmés de leur divinité,
Cultivent avec soin tant de stupidité !
De quel zèle animés, tous ces oiseaux funèbres,
Contre le jour proscrit défendent les ténèbres !
Eh ! qu'importent du Christ les préceptes divins ?
Quelques formalités, des prêtres suzerains,
Voilà quel est pour eux le culte légitime !
Que leur rapporterait sa morale sublime ?

Pour celui qui ne veut qu'en faire un revenu,
La sottise ici bas vaut mieux que la vertu.
Mais, quoi! d'Hermopolis n'entends-je pas l'apôtre
Nous niant d'un côté ce qu'il nous dit de l'autre,
S'écrier : « Prouvez donc cette soif du pouvoir
» Qu'au sein de ma tribu vos yeux prétendent voir!
» Citez un seul exemple!... » Un seul!... s'il en faut mille,
Ils se multiplieront sous ma plume fertile!
Mais puisqu'on n'en veut qu'un, il doit être éclatant;
Veuille encore, Montlosier, m'écouter un instant;
Tu verras tout le bien qu'un seul homme peut faire,
Et dans ces temps honteux quel en est le salaire.
Le sublime fermier d'un aride désert
Que Cérès, grâce à lui, de trésors a couvert,
Des travaux méconnus d'un rival de sa gloire,
Trouvera quelque charme à connaître l'histoire.

Aux bords des mers, le long de ces nobles remparts,
Ouvrage d'un Bourbon, de Neptune et des arts,
Ou s'enorgueillissant de sa splendeur royale,
De l'Océan français brille la capitale,
De toutes parts au loin, sous son celtique nom,
S'offre aux regards charmés un fertile canton.
Naguère encor, honteux de leur aspect sauvage,
De tous les vieux abus subissant l'esclavage,
Ces beaux lieux qu'exploitaient la sottise et l'erreur,
Attendaient, imploraient la main d'un bienfaiteur!

La mort, bravant des lois la sagesse inutile,
Au milieu des vivans conservait son asile,
Et son souffle, de l'air souillant la pureté,
D'un éternel danger menaçait leur santé.
C'est peu; quand revenait la fête patronale,
Le peuple envahissait l'enceinte sépulcrale,
Et d'un séjour sacré profanant le repos,
Riait, chantait, buvait, dansait sur des tombeaux.
Sous le lierre aux cent bras, l'œil voyait avec peine,
Du clocher se noircir la flèche aérienne;
Et le temple, si fier de l'or de ses lambris,
En perdait chaque jour quelques restes flétris;
L'ignorance partout régnait comme un usage,
Dont le père à son fils doit laisser l'héritage;
D'une école, où gratis s'instruirait le hameau,
Le bien public en vain réclamait le flambeau,
Et ce peuple, vieilli dans une longue enfance,
Semblait d'un autre temps, semblait d'une autre France.

L'hôtel de la mairie était un cabaret,
Où Thémis, sans façon, en trinquant s'enivrait;
Là, le rustre, fouillant dans ses poches avares,
Près du singulier chef de ces cantons barbares,
Marchandait ses impôts, la bouteille à la main,
Et la loi s'y taisait pour un verre de vin!
Mais qui ne se souvient de ces abîmes sombres,
Sous le nom de chemins couverts d'antiques ombres,

Où, dès qu'il s'asseyait sur son trône orageux,
L'impitoyable hiver formait vingt lacs fangeux;
Où, sans cesse arrêté, le champêtre équipage,
Du fouet méconnaissait l'inutile langage?
Alors, fatal à tous, l'obstacle des chemins
Retenait loin de Brest les trésors des jardins,
Et ses vaisseaux rendus aux douceurs de la France,
Du Vertumne breton accusant l'indigence,
A peine en obtenaient le chou rafraîchissant,
La carotte dorée et le radis naissant.
Tout enfin, dans ces lieux pleins d'un parfum gothique,
Des temps les plus grossiers gardait la rouille antique.

Un homme alors paraît, et bientôt ses efforts
De leur triste sommeil ont réveillé ces bords.
Sans appui qu'en lui seul, par quel art, quel prestige,
A-t-il de tant de bien enfanté le prodige?
Ici, des monts surpris abaissant la hauteur,
Là, des gouffres bourbeux comblant la profondeur,
Ses habiles travaux ont, dans ce lieu sauvage,
Du Dieu qui l'ébaucha continué l'ouvrage.
Grâce aux chemins heureux que ses mains ont ouverts,
L'abondance succède à des marchés déserts;
La ville et le hameau maintenant se répondent;
Leurs trésors sont communs, leurs besoins se confondent!
Mais que dis-je? un bienfait m'arrête à chaque pas!
Tels que des rois vaincus désertant leurs états,

Le préjugé tenace et l'aveugle ignorance
Semblent à son aspect abdiquer leur puissance.
Des vivans et du bruit, maintenant écarté,
Vois-tu de l'homme éteint l'asile respecté?
Ces arbres de la mort, le deuil de ce portique,
Tout, dans cet enclos saint à la fois et rustique,
Du culte des tombeaux vient au cœur attristé,
Graver profondément la sombre majesté.
Là, le fils épanchant sa douleur solitaire,
Loin des profanes yeux peut prier pour sa mère,
De son dernier séjour fait un autel pieux,
Et pour la rétrouver se rapproche des cieux.
Mais suis mes pas; autour du temple séculaire,
Des vieux temps ne crains plus la bosse héréditaire;
Sans chausser le sabot, ce cothurne du lieu,
Aujourd'hui, le fidèle y peut aborder Dieu,
Et cessant de lutter au fond d'un précipice,
Comme on monte à l'assaut ne va plus à l'office!
Entrons; quel changement! la maison du Seigneur
Enfin a recouvré sa modeste splendeur,
Et du Très-Haut, au moins, un indécent nuage
Aux regards satisfaits n'y voile plus l'image!
Quel est ce monument? Quel touchant souvenir
Doit léguer sa tristesse aux âges à venir?
De ceux que tour à tour dévora cette terre,
C'est là que dort en paix un reste de poussière.
Plus loin est la retraite où des fils du canton,

Le zèle d'un mentor dirigeant la raison,
Cultive leur rudesse, et sous l'œil de Dieu même
Forme ces nourrissons promis à Triptolème.
Grâce à l'humble savoir qu'il fait luire à leurs yeux,
Et qui manqua jadis à leurs grossiers aïeux,
De leur vieille Cérès discernant l'imposture,
Un jour on les verra corriger leur culture,
Et de l'art écoutant les puissantes leçons,
Sur leur sol fécondé doubler l'or des moissons.
Je pourrais ajouter que cet habile maire,
Du trésor communal fit cesser la misère,
Qu'aux registres épars il ouvrit des bureaux,
Et partout créa l'ordre où régnait le chaos;
Qu'ils sut aux malheureux que la faim environne,
Assurer un travail plus noble que l'aumône;
Qu'enfin il attira vers ces cantons si beaux,
Tous ceux qui vont aux champs demander du repos,
Et dotant de la vie un pays immobile,
Où n'était qu'un hameau laisse presque une ville,
Eh bien! voilà celui dont un renvoi honteux,
Après vingt ans paya le zèle généreux!
Envers les citoyens coupables de mérite,
C'est ainsi maintenant que la France s'acquitte!
M ais que dis-je! jamais fut-on plus dangereux?
Il osait rendre, hélas! tout un pays heureux,
Et d'un canton déjà moins sot et moins gothique,
Combattre insolemment la barbarie antique!

Quoi! ne le sait-il pas? ses travaux, ses bienfaits,
Pour nos hommes sacrés sont autant de forfaits!
Du peuple des hameaux leur cruel ministère,
Contre un sort plus heureux protège la misère;
Car à nous éclairer le bonheur nous conduit,
Et dès lors, c'en est fait, leur pouvoir est détruit.
De leur législateur suivant le saint exemple,
Il leur faut fuir du monde et rentrer dans le temple,
Et de leurs cœurs enfin, libres de passion,
Au royaume des cieux borner l'ambition.
Aussi, sur les travaux de cet odieux maire,
Fallait-il imprimer un affront exemplaire,
Et sur l'heureux bûcher des destitutions,
Mêler un nom de plus à tant d'illustres noms!

Que dirais-tu surtout, si, confesseur profane,
Je traduisais ici le héros en soutane,
Qui, remplaçant enfin son maire dénoncé,
Règne, en foulant aux pieds son trône renversé?
Je n'ai, pour le punir, qu'à le faire connaître,
Et, sans rien ménager, je le devrais peut-être:
Je devrais de mes vers, pour lui faire un miroir,
Où, reculant de honte, il tremblât de se voir.
« Mais quoi! me dira-t-on, un chrétien charitable
» Montre quelque pitié, même pour un coupable! »
Non, lorsqu'à châtier le ciel par fois trop lent,
Lui promet ici-bas un bonheur insolent,

Faut-il que la vertu, toujours faible et servile,
N'oppose à ses tyrans qu'un silence imbécille?
Ah! ce n'est point ainsi qu'un peuple ingénieux
A travers deux mille ans vient l'offrir à nos yeux!
Douce et fière à la fois, paisible, mais armée,
Sous les traits de Minerve il l'avait exprimée.
Voilà comme on la doit présenter aux pervers,
Et si j'épargne ici le coupable en mes vers,
Alors qu'il le faudra, lui retirant sa grâce,
J'irai clouer son nom au gibet du Parnasse!

Malheureux, Montlosier, malheureux mille fois,
Le pays qui long-temps subit des prêtres rois!
Où, guidant le pouvoir, d'infidèles lévites
Du pouvoir, à leur tour, se font les satellites.
Malgré soi l'on pardonne aux despotes guerriers
Qui nous cachent du moins nos fers sous des lauriers;
Mais quoi de plus honteux que cette tyrannie,
Qui veut du fanatisme ou de l'hypocrisie?
Il est heureusement de courageuses voix
Qui parmi nous encor combattent pour nos droits!
Toi, qui, dans ces combats as trouvé tant de gloire,
Poursuis, et jusqu'au bout mérite la victoire!
Mais tu sais d'un grand roi quels furent les destins!
Prends garde, Montlosier, prends garde aux assassins!

STANCES

SUR M. LABOUS, MORT CURÉ DE BREST, EN 1826.

Air : *Il est un Dieu, devant lui je m'incline.* (Béranger.)

Libre des fers qu'a brisés la souffrance,
L'âme d'un juste est retournée aux cieux ;
Au lit de mort sa pieuse assurance
Entrevoyait un monde radieux !
D'être humble et doux il fit toute sa gloire ;
Il n'annonça que des cieux indulgens ;
Ah ! plus que lui qui jamais a dû croire
  Au dieu des bonnes gens.

Ce n'était point ce lévite farouche,
Qui pour le ciel croit avoir combattu,
Quand, l'œil en feu, la menace à la bouche,
Il fait haïr jusques à la vertu.
Plus que la crainte, il prêchait l'espérance,
Et, sans heurter ses frères exigeans,
Il n'appelait que par sa tolérance,
  Au dieu des bonnes gens.

Combien surtout il différa du prêtre,
Qui, de ce monde avide usurpateur,
Veut parmi nous ne plus parler qu'en maître,
Peu satisfait du doux nom de pasteur !

Loin d'envier aux puissans de la terre
Le triste éclat de rôles affligeans,
Il n'aspirait qu'à rester le vicaire
Du dieu des bonnes gens.

Sous des tyrans qui proscrivaient Dieu même,
De sa patrie il se vit rejeté;
Mais son cœur juste, en sa douleur extrême,
A d'un tel crime absous la liberté.
A notre haine, à l'effroi du vulgaire,
Loin de l'offrir sous des noms outrageans,
Il crut toujours qn'elle ne peut que plaire
Au dieu des bonnes gens.

Puisse, fidèle à ses pieux exemples,
Mais avant tout, citoyen et Français,
Son successeur n'ouvrir jamais nos temples
Qu'à des accens d'indulgence et de paix!
De ses conseils que le riche s'honore,
Qu'il soit connu sous les toits indigens;
Et grâce à lui qu'on puisse croire encore
Au dieu des bonnes gens!

LA CHALOTAIS.

Couplets chantés à M. Bernard, au banquet qui lui fut offert pendant les prédications des missionnaires.

AIR: *De la robe et des bottes.*

Honneur à toi, dont l'éloquence,
Vengeant un grand homme outragé,
T'a mérité, pour récompense,
Un nom par le sien protégé!

Qu'il est doux, quand les fils d'Ignace
De nos foyers troublent la paix,
De boire, en bravant leur audace,
Au vengeur de La Chalotais !

Trompons leur cruelle espérance,
En dépit d'eux, respect aux lois !
Valent-ils, malgré leur jactance,
Une goutte du sang brestois ?
Opposons-leur, pour nous défendre
Contre leurs funestes projets,
Les accens que tu fis entendre,
Et l'ombre de La Chalotais !

Il est pourtant une vengeance
Faite pour des cœurs généreux :
Cherchons-la dans la bienfaisance,
Soulageons des malheurs affreux !
Ah ! c'est rendre un culte sincère
Au Dieu de justice et de paix,
Que d'inscrire sur sa bannière
Et les Grecs et La Chalotais !

FIN.

www.ingramcontent.com/pod-product-compliance
Ingram Content Group UK Ltd.
Pitfield, Milton Keynes, MK11 3LW, UK
UKHW032038260826
14628UKWH00007B/3047

9 782014 115024